Noël (en) blanc

De la même autrice :

Romans :

Octobre en juin – BoD – 2018

Voies Off – BoD – 2019

Recueil de poèmes et textes courts :

Côté jardin Côté courts – BoD – 2019

Recueil de nouvelles, textes courts et photographies :

Ainsi soient-elles – BoD – 2020
(avec Vincent Sarazin)

Nouvelles :

L'improbable cas Anselme Belgarde

in « Jour de pluie » – recueil de nouvelles – Auteurs Indépendants du Grand Ouest – 2018

Itinéraire bis
in « Les nouvelles de l'été » – éditions du Saule – 2018

Céline POULLAIN

Noël (en) blanc

Nouvelle

© 2021, Céline Poullain

Édition : BoD – Books on Demand,
12/14 rond-point des Champs-Élysées,
75008 Paris
Impression : BoD - Books on Demand,
Norderstedt, Allemagne

Crédit photo :
Photo couverture : Adobe stock
Photo autrice : Florence P. Photos
Conception de la couverture :
1ère de couv : Dragonfly Design
4ème de couv : C.P.

ISBN : 978-2-3223-8749-6
Dépôt légal : novembre 2021

Le code de la propriété intellectuelle interdit les copies ou reproductions destinées à une utilisation collective. Toute représentation ou reproduction intégrale ou partielle faite par quelque procédé que ce soit, sans le consentement de l'Auteur ou de ses ayants cause, est illicite et constitue une contrefaçon sanctionnée par les articles L.335-2 et suivants du Code de la propriété intellectuelle.

*À la petite fille en moi
qui rêve encore
que la magie de Noël existe*

Les préparatifs

Lili ressentit une forte douleur dans le bas-ventre. Elle s'appuya sur le bord de son évier. Elle respira aussi lentement que possible et tenta de reprendre la maîtrise de son corps.

— Respire, ma p'tite Lili, bon sang, respire, s'ordonna-t-elle.

En peu de temps, le spasme était passé, elle put poursuivre son ménage. Elle avait décidé de nettoyer sa cuisine en grand. Son *coin* cuisine serait un terme plus approprié. L'appartement qu'elle louait n'était pas spacieux. Ni très moderne, ni très fonctionnel. Mais elle était chez elle.

Les yeux dans le vague, elle se souvint des nuits passées dans sa voiture lorsque Karim l'avait mise à la porte. Six mois après leur rencontre, et à peine deux mois après qu'elle eut emménagé chez lui et abandonné le logement social qu'elle occupait depuis des années.

Elle balaya ses pensées d'un haussement d'épaules. Elle se concentra de nouveau sur son éponge et ouvrit son frigo avec la ferme intention de le briquer comme jamais.

Une nouvelle douleur l'empêcha de poursuivre son labeur. Elle respira lentement. Intensément. Laissa ses poumons se gonfler d'oxygène et tenta de chasser la souffrance de son esprit. Peine perdue.

Elle fit de son mieux pour supporter.

— Qu'est-ce que tu nous fais, Mignon ? dit-elle en passant la main sur son ventre. Tu t'entraînes pour l'jour J ?

Elle finit de nettoyer son électroménager et décida d'aller se reposer sur sa banquette clic-clac.

Une nouvelle contraction la réveilla. Sans s'en apercevoir, elle s'était allongée et avait cédé au sommeil. Toutefois, la douleur était trop forte.

— Oh ! C'est pas maintenant qu'on doit se rencontrer, hein ! Délire pas ! C'n'est pas l'moment, j'suis pas prête ! Ta chambre non plus. C'est fin janvier que tu dois arriver!

Elle sourit en caressant son ventre tendu.

— Ah au fait, t'as envie de manger quoi pour Noël ? Tu t'en fiches pour l'moment mais pas moi. J'ai envie d'un p'tit extra. Je ne sais pas encore quoi. Hum... Attends, je réfléchis. J'vais bien trouvé. En revanche, j'te promets que l'année prochaine, je f'rai un sapin avec des guirlandes et des décorations. Ouais. Partout. Peut-être même qu'on aura un nouvel appart' avec une vraie chambre pour chacun de nous. En attendant, tu restes bien au chaud. D'accord ?

Pour toute réponse, elle eut un petit coup dans le creux de sa main.

— On n'frappe pas sa mère ! dit-elle en riant.

Elle s'imagina avec le bébé dans les bras. Lili savait que ce serait dur de l'élever seule, pourtant elle avait de l'amour à revendre.

Et puis, de toute façon, elle était trop déçue par les hommes. Tous. Sans exception.

Elle avait tellement donné et si peu reçu. Au moins, maintenant, avec ce petit niché au creux d'elle, elle allait pouvoir aimer sans retenue.

Karim l'avait mise à la porte au moment même où elle lui avait annoncé sa grossesse. C'était un accident. Elle ne savait même pas si elle voulait le garder ou pas. Il n'avait rien voulu entendre.

Il avait parlé de mariage impossible, d'incompatibilité de famille et il lui avait demandé de partir. Elle n'avait aucun logement, aucun plan B.

Elle avait passé trois semaines dans sa voiture, sans projet, sans savoir ce qu'elle voulait faire de cette grossesse. Sans avoir compris ce qu'il lui était arrivé.

Et puis, elle avait trouvé cet appartement. Meublé. Chichement, mais meublé quand même. C'était mieux que sa vieille auto. Mieux que rien.

À peine avait-elle déposé ses maigres affaires qu'elle sut qu'elle souhaitait cet enfant à venir. C'était sans doute égoïste de sa part, elle voulait de l'amour, en donner, en recevoir. Elle savait qu'elle avait ça en elle. À bientôt quarante ans, c'était un peu la dernière chance pour elle.

Elle avait décidé de faire confiance à la vie. L'avenir lui dirait si elle avait eu raison.

Un nouveau coup de fesses – ou était-ce une épaule ? – la fit sursauter. Oui, malgré sa précarité,

Lili était heureuse de cet évènement. Et même si elle n'avait jamais vraiment aimé Noël, elle se dit que tout pourrait arriver maintenant que son petit allait naître.

Karim avait totalement disparu de sa vie. Elle avait tenté une dernière fois, quelques mois plus tôt, de reprendre contact. En vain. Il lui avait formellement interdit de revenir le voir. Il ne se sentait pas père, il ne ferait rien pour elle, ni le petit. Il lui avait même déconseillé – à la limite de la menace – de faire une action en reconnaissance de paternité. Cet enfant n'avait pas de père. Point barre.

Elle n'avait de toute manière pas l'intention de lui imposer cette grossesse. Et encore moins d'infliger à cet enfant un père qui ne voulait pas de lui. Elle était la parente du bébé. La seule. L'unique. Et elle se fit la promesse d'y parvenir.

Fermement décidée à reprendre le cours de son ménage, elle se leva d'un mouvement brusque.

C'est avec tout autant de force qu'une nouvelle contraction lui coupa le souffle.

Elle sentit son pantalon être inondé dans le même mouvement.

— Oh non ! Merde ! C'est trop tôt !

Elle retira son vêtement mouillé pour vérifier qu'il s'agissait bien de la perte des eaux. Elle tremblait en composant le numéro des pompiers.

— Bravo ! Tu parles d'un vingt-deux décembre ! Bon, respire, Lili. T'es pas une gamine, tout va bien s'passer. Respire, bon sang, respire !

De nouvelles contractions lui confirmèrent que le travail avait bien commencé.

C'est avec angoisse et soulagement qu'elle ouvrit la porte aux secours. Elle se saisit de la valise qu'elle avait à peine bouclée en quelques minutes et s'engouffra dans le camion rouge en direction de l'hôpital local qui faisait aussi office de maternité.

Les sirènes

Véra sentait l'angoisse monter. De plus en plus fort. Inexorablement, le malaise s'amplifiait. Sa fille lui avait donné rendez-vous. Elle aurait dû se réjouir. C'était l'avant-veille de Noël. Elle aurait pu avoir une bonne nouvelle. Rose, dix-neuf ans, pourrait lui annoncer qu'elle revenait vivre avec elle. Ou plus simplement lui apporter un cadeau pour les fêtes.

Pourtant Véra appréhendait cette entrevue. Un je-ne-sais-quoi de prémonitoire l'empêchait de savourer cette rencontre.

Elle enfila son manteau, son bonnet et s'emmitoufla dans son écharpe. Froid et humide. Un vrai temps d'hiver. Elle se dit qu'elle avait toutefois de la chance de vivre à Brest. Les températures descendaient rarement sous la barre du zéro. Mais tout de même. Elle n'aimait pas l'hiver et encore moins les fêtes.

Véra hâta son pas sur le pavé humide. Elle allait finir par être en retard.

Hors de question de débuter l'entretien par des récriminations. Elle slalomait entre les badauds. La rue de Siam regorgeait de monde à cette époque de l'année. Les derniers préparatifs, les derniers cadeaux à dénicher, tous les Brestois se retrouvaient dans cette rue.

Quelle idée de se donner rendez-vous un vingt-trois décembre en plein centre-ville aussi ! Véra soupira en poussant la porte du petit restaurant d'une rue adjacente.

Rose était déjà attablée. Elle fit signe à sa mère. Véra

lui répondit avec un sourire, mais nota, intérieurement, que le visage de sa fille était impossible. Aucune émotion ne semblait la traverser.

Véra sentit sa gorge se serrer. Elle n'en montra rien et se dirigea, d'un pas décidé, vers le fond du restaurant où l'attendait Rose.

— Bonjour ma belle ! entonna-t-elle d'un air qui se voulait joyeux.

— Bonjour, lui répondit sa fille.

Le ton était donné. Pas de fioritures. Pas de « maman », pas de « comment vas-tu ? ». Rien. Le strict minimum. Tous les espoirs de Véra, aussi menus fussent-ils, s'effritèrent en un instant. Pas question, une fois encore, de le montrer. Elle devait être forte. Toujours solide, toujours debout malgré les tempêtes.

— Tu as l'air en forme, tu es très jolie, la complimenta-t-elle.

— Merci. Je t'en prie, installe-toi, lui proposa Rose.

Le serveur arriva pour prendre leur commande. Véra choisit un petit salé aux lentilles et Rose une salade composée.

— Papa a encore prévu un festin pendant toute la semaine, je préfère y aller doucement.

— Bien sûr, je comprends. Je n'ai rien de prévu, alors je peux me lâcher ce midi, ne put s'empêcher d'ironiser Véra.

Un silence s'installa.

Pour éviter qu'un malaise ne prenne toute la place entre elles, Véra décida de rompre le silence et demanda à sa fille de lui raconter sa vie, ses études, des nouvelles de ses amis. Elle se rendait bien compte qu'elle faisait la conversation à elle seule et que sa fille ne formulait que des réponses fermées. C'était mieux que rien. Elles avaient un semblant de discussion, un simulacre de relation mère-fille. Au moins, c'était certainement plus satisfaisant que ces dernières années de silence.

Rose avait pris fait et cause pour son père lors du divorce de ses parents. Elle en avait terriblement voulu à sa mère. Mère qui était simplement partie puisqu'il n'y avait plus de vie commune, plus de sentiment. Rien. Le néant de la vie amoureuse.

Mais les relations entre Rose et Véra s'étaient détériorées. Les insidieuses allégations du père n'avaient pas aidé.

Véra avait continué d'envoyer des messages et des cadeaux à sa fille. Pour Noël bien sûr, les anniversaires aussi, également pour le plaisir, juste l'envie de maintenir un semblant de lien.

Le soir des résultats du Bac de sa fille, Véra avait envoyé un texto pour la féliciter. Elle eut le plaisir de recevoir un appel téléphonique et ensuite une visite de l'adolescente. Les liens étaient alors revenus peu à peu. Oh ! Bien entendu, pas comme avant, mais Véra se contentait de peu. « Peu, c'est mieux que rien » se disait-elle. Toutefois, elle n'était pas si sûre de cette affirmation. Les larmes qui coulaient régulièrement sur ses joues lorsqu'elle pensait à sa fille en témoignaient.

Mais, ce jour de presque Noël, Véra avait quand même envie d'y croire un peu. *Juste* un peu. *Rien* qu'un peu.

Rose avait d'autres pensées. Elle était loin de voir les choses comme sa mère.

— Bon, arrêtons de tourner autour du pot, maman. Ça fait deux ans qu'on essaye d'avoir une relation normale, il faut se rendre à l'évidence, on n'y arrive pas. On ne va pas se mentir.

— C'est vrai que c'est difficile, mais je suis certaine qu'avec le temps, nous allons y parvenir.

— Justement, du temps, nous n'en avons pas.

— Pardon ? Qu'essayes-tu de me dire ? Tu es malade ?

— Mais non, ne dramatise pas tout ! C'est beaucoup plus simple que ça. Je pars, lança Rose.

Véra resta interdite en regardant sa fille fixement.

— Je vais m'installer aux States. Finir mes études là-bas et je compte bien y trouver un travail ensuite.

— Tu reviendras à Brest ? s'inquiéta Véra.

— Je rentrerai de temps en temps, mais ça sera en coup de vent, je n'aurai probablement pas le temps de venir te voir. De toute manière, toi et moi, on ne se comprend pas. Autant ne pas trop se voir. Je t'enverrai un message. Tu sais, ce n'est pas parce que nous sommes du même sang que nous sommes obligées de nous fréquenter.

Véra ne put retenir les larmes qui s'échappaient de ses paupières.

— S'il te plaît, ne complique pas les choses, insista sa fille. Bon, je crois qu'on s'est tout dit, je dois y aller, Papa m'attend. Je te laisse payer, tu me dois bien ça.

Et Rose disparut comme si elle n'avait jamais existé dans la vie de Véra.

Quelques longues minutes plus tard, le serveur réussit à sortir Véra de sa torpeur.

— Ça va, Madame ? Vous voulez boire quelque chose ?

Elle but un rhum. Cul sec. En demanda un second. Après avoir payé, elle s'engouffra dans la rue de Siam. Le froid de la journée la saisit. Elle resserra son manteau contre elle et traversa la rue afin de rejoindre l'arrêt de bus pour rentrer chez elle.

Dans un état second, elle ne vit pas le vélo qui arrivait. Il ne put l'éviter.

Elle ouvrit un œil dans le camion des pompiers qui l'amenait, sirène hurlante, à l'hôpital le plus proche.

Les naufragés

OLympe se reposait, allongée sur son lit. La porte de la chambre s'ouvrit doucement. L'infirmière passa la tête pour vérifier que la vieille dame allait bien.

La patiente souleva les paupières et sourit à sa visiteuse.

— Entrez, entrez Imelda ! l'invita Olympe.

— Je ne vous dérange pas ? Vous dormiez peut-être ?

— Ne vous inquiétez pas pour ça. J'aurai tout le temps de sommeiller lorsque je serai dans la boîte. En attendant, je profite des vivants !

Imelda aimait passer voir cette femme âgée lorsqu'elle finissait son service. Elles habitaient le même village et Imelda passait de temps à autre boire un thé chez Olympe. Simplement. Elles se connaissaient depuis quelques années maintenant et s'étaient liées d'amitié.

L'infirmière connaissait l'histoire de la vieille dame. Une vie assez commune. Tristement banale. Veuve, Olympe habitait un petit village sur la côte près de Morlaix. Elle avait été institutrice. Son mari aussi. Ils avaient tout fait pour que leur fils ait une belle situation. Meilleure que la leur, pensaient-ils. Financièrement, ils avaient eu raison. Humainement, c'était une autre paire de manches.

Sylvain, leur fils unique – Olympe avait rêvé d'une grande famille, mais la vie avait eu d'autres plans pour elle, de fausse-couche en fausse-couche, elle avait réussi à garder son fils. Le seul. Il avait fallu enlever l'utérus ensuite. Elle avait accepté. Et ils avaient tout donné pour leur enfant.

Sylvain, donc, était un brillant financier. Il brassait des millions d'euros, des milliards peut-être, Olympe n'en avait cure, elle aurait aimé qu'il soit un peu plus souvent près d'elle. Cependant, elle comprenait. Elle acceptait. Son fils était quelqu'un d'important. C'était leur rêve, avec son mari, qu'il devienne quelqu'un. Alors, oui, elle acceptait.

Sylvain venait la voir une fois par an. Et encore. Mais il l'appelait tous les dimanches. C'était un bon fils. Il lui avait même payé une nouvelle télévision quand la sienne était tombée en panne. C'est dire !

Olympe était une bonne femme. Littéralement. Une femme bonne. Une femme qui aimait son prochain comme elle aimait ses chats. Avec simplicité. Sans compromis. Elle vous prenait comme vous étiez. Dans votre globalité. Avec vos qualités et vos défauts.

Elle n'aimait pas s'apitoyer sur son sort. Elle était de ceux qui sont heureux avec ce qu'ils ont. Elle était de ceux qui savent danser sous la pluie. D'ailleurs, un jour, elle avait dit à Imelda :

— Ça, Fred Astaire, c'était un sacré danseur !

Et elle avait fredonné « *singin'in the rain* » et esquissé quelques pas. L'infirmière l'avait suivie et la scène s'était terminée par un éclat de rire.

Ce moment revenait toujours dans la tête d'Imelda lorsqu'elle ouvrait la porte de la chambre de la vieille dame. Ça lui permettait aussi de ne pas la voir uniquement comme une patiente, mais bien comme une personne à part entière.

— Comment allez-vous aujourd'hui, Olympe ? s'informa Imelda.

— Superbement ! Un moral au top, une santé de fer et regardez, j'ai même reçu une boîte de chocolat de la part de mon fils. Elle est grosse. Et d'une qualité irréprochable. Il doit culpabiliser de me laisser ici pendant son séjour à la montagne.

— Bah qu'il s'inquiète, tiens ! Je trouve ça inqualifiable de faire ce qu'il fait !

— Vous savez bien que je ne suis pas la seule dans ce cas ! Nous sommes nombreux à être des naufragés de la fin d'année. Certains sont encore plus seuls que moi, comme sur leur île déserte.

— Oui, mais...

— Stop, Imelda ! Tout va bien. Je le comprends, vous savez. Je suis une vieille femme et j'habite seule dans un petit village. Il ne serait pas tranquille de me savoir à la maison pour les fêtes.

— Eh bien, qu'il vienne les passer avec vous, les fêtes !

— Nous en avons déjà parlé. Vous savez, il a une très bonne situation et donc un standing à tenir. Passer Noël à St Moritz, c'est tout de même plus classe qu'à Morlaix, non ?

— Si vous le dites...

— Et puis, j'ai les chocolats et ça me permet de passer les fêtes entourée et de vous voir, tiens ! Je suis très bien ici.

— Vous n'êtes pas malade, vous ne devriez pas être ici ce soir. Il s'agit juste d'une hospitalisation de confort pour votre fils ; je ne comprends même pas que les toubibs valident ce genre de choses.

— Bah, les médecins ont aussi une très bonne situation, une mère dans un village qui les espère et des vacances à St Moritz à programmer.

— Vous êtes incroyable !

Olympe regarda son infirmière préférée avec un petit sourire taquin. La vieille femme avait beau être humble, quelque part au fond d'elle, son égo pétillait lorsqu'on lui faisait un compliment. Elle remercia son amie en lui

tendant la boîte de confiseries. Mais elle ne put s'empêcher d'ajouter :
— Je fais de mon mieux.

Les rencontres

Léo était né en avance. Il était en pleine santé et très vigoureux. Lili était raide dingue de son petit. Elle n'arrêtait pas de le couver des yeux et de lui chanter des petites berceuses qu'elle inventait au fil du temps. Elle se découvrait mère et adorait ça.

Lorsqu'elle pensait à ses conditions matérielles, un nuage assombrissait son humeur. Alors, elle tentait de balayer ses idées grises d'un revers de main. Son appartement trop petit, ses revenus précaires, il sera temps d'y penser après son séjour à la maternité. Pour le moment, elle avait tellement mieux à faire. Réussir la rencontre de sa vie. Léo et elle. Elle et Léo. Les premiers jours. Les premiers échanges. Les premiers succès.

Et d'ailleurs, Léo venait de remporter sa première « médaille ». Il avait été choisi pour faire la démonstration du massage des nourrissons par le kiné de service. Lili savait que c'était un peu stupide, mais elle était fière de son fils.

Elle le serra un peu plus fort contre sa poitrine, lui déposa un léger baiser sur ses cheveux et sortit de la chambre pour aller montrer à toutes les autres mamans de la maternité à quel point Léo était le plus beau, le plus tendre et le meilleur bébé qui soit.

Imelda avait eu une idée. Elle aimait bien rassembler les gens, les faire se rencontrer. C'était un peu comme offrir un pôle positif au pôle négatif d'un aimant. Elle pensait que ça faisait entièrement partie de la thérapie. Oh, bien sûr, certains y trouvaient à redire.

— Vous n'êtes pas sans savoir que mélanger les patients, brasser les services peut favoriser les maladies nosocomiales, lui avait rétorqué son supérieur.

— Oui, en effet, mais uniquement lorsque les patients sont atteints de pathologies contagieuses. Lorsqu'il s'agit de manque de chaleur humaine, le meilleur remède est l'amitié et la bienveillance.

Et elle avait ajouté la petite touche de paillettes de bonne fée de Noël.

— Surtout un vingt-quatre décembre. Vous auriez envie d'être seul dans une chambre d'hôpital aujourd'hui ?

— C'est bon, n'en jetez plus, avait capitulé son chef. Vous avez mon feu vert.

— Pour cette fois, avait-il ajouté après un petit silence de réflexion.

Imelda l'aurait bien embrassé. Elle se contenta de le remercier avant de se précipiter vers la chambre 223 où séjournait Véra.

❄ ❄ ❄

Olympe sortit de la salle de bain aussi pimpante que possible. Elle avait retapé son lit autant que faire se peut, arrangé les fleurs qu'elle avait reçues la veille. Sur sa tablette roulante, elle avait dressé les chocolats dans une assiette que l'infirmière lui avait dégotée.

— Pas d'histoires, avait-elle dit, Noël, c'est Noël. Hôpital ou non !

Il était un peu plus de quatorze heures lorsque la porte de la chambre s'ouvrit sur une Imelda tout sourire.

— Olympe, je vous ai amené de la visite !

Une femme pénétra dans la pièce à la suite de l'infirmière qui fit les présentations.

— Enchantée, Véra, fit la vieille dame en l'invitant à s'asseoir sur l'un des deux fauteuils.

Imelda avait expliqué à Olympe que Véra n'allait pas fort. Elle avait trouvé la femme en pleurs dans sa chambre. Après s'être assurée qu'il ne s'agissait pas de douleurs suite à son accident de la route, qui s'avérait somme toute, bénin, elle l'avait interrogée sur les raisons de ce mal-être.

Véra avait rapidement dévoilé qu'elle n'avait plus de but dans la vie. Plus personne dans son entourage proche. Plus de famille. Peu d'amis. Imelda avait voulu contacter le psychologue de l'hôpital. Après plusieurs tentatives, elle avait dû se rendre à l'évidence. Le praticien, seul pour plusieurs services, était débordé. Il faudrait donc faire sans lui.

C'est alors que l'idée de faire se rencontrer Véra et Olympe germa dans son esprit. Un peu comme dans la pièce de théâtre de sa jeunesse : « Harold et Maude » avec la fabuleuse Denise Grey. À bien y réfléchir, d'ailleurs, Olympe lui faisait vraiment penser à cette actrice. Une femme pétillante avec suffisamment de pêche pour en redonner à qui voudrait.

Elle avait alors parlé de son idée à Olympe qui avait validé sans l'ombre d'une hésitation.

— Je vous présente Véra, avait dit l'infirmière, elle a besoin d'un petit remontant.

— Eh bien, à défaut d'un petit Guignolet, je vous

propose un chocolat. Ce truc est le remède à tous les chagrins. Il y en a même avec un peu d'alcool dedans si vous préférez !

Véra sourit. L'infirmière prit congé en prétextant qu'elle avait d'autres patients à voir.

Les deux femmes sympathisèrent rapidement. Véra raconta son divorce, la manipulation de son ex-mari sur sa fille et finalement l'éloignement de cette dernière, jusqu'au final du départ en Amérique.

Olympe lui raconta son veuvage, son fils qui ne venait pas, sa solitude et ses deux chats qui lui donnaient de la tendresse. Elle lui décrivit sa maison près de Morlaix, non loin de la mer.

Mais surtout, elles rirent. De tout, de rien. Juste de la vie. Du hasard de leur rencontre dans cet hôpital et du Noël qu'elles allaient y passer.

— Je vous propose de vous joindre à moi pour notre superbe dîner de réveillon. Je pense qu'Imelda pourra nous arranger l'affaire. Nous serons deux à attendre l'Enfant Jésus !

À peine Véra avait-elle accepté la proposition que

la porte s'ouvrit sur une femme tenant un paquet dans les bras.

— Oh pardon ! J'ai dû m'tromper de numéro de chambre ! J'crois bien qu'je m'suis perdue ! C'est fou ça ! On revient de l'atelier massage de nourrisson, et j'suis incapable de rentrer, tous les couloirs se r'ssemblent !

— Venez vous asseoir avec nous ! Vous voulez manger un petit chocolat ? Tenez, installez-vous sur mon lit. Garanti cent pour cent confortable ! Et présentez-nous votre petit, si vous le voulez bien, vous tombez à point nommé, nous nous apprêtions à célébrer la divine Naissance !

Les serments

Imelda s'était, bien entendu, arrangée pour que les deux femmes puissent dîner ensemble. La présence de Lili et Léo avait été plus problématique, elle avait de nouveau fait les yeux doux à son supérieur pour obtenir que les trois femmes puissent manger dans la même chambre. Elle était elle-même allée chercher le petit berceau afin que Lili puisse avoir les bras libres et que l'enfant dorme paisiblement.

Olympe décréta que Léo était le plus beau bébé de l'année et de l'année à venir. Elle affirma qu'avec deux marraines-fées comme Véra et elle pour se pencher sur son berceau et une mère comme Lili, l'enfant aurait forcément une belle vie.

C'est alors que Lili fondit en larmes.

— Allons donc, vous aussi. Que vous arrive-t-il mon petit ? s'inquiéta la vielle femme.

Lili prit un petit moment pour se calmer et pour

apaiser Léo qui s'était réveillé. Elle expliqua ensuite sa solitude, ses craintes pour leur avenir à tous les deux ainsi que ses doutes sur sa situation matérielle et sa capacité à absorber seule l'éducation de son fils.

Olympe et Véra l'écoutèrent simplement. En l'encourageant à poursuivre lorsque celle-ci s'arrêtait. Sans jugement. Elles avaient conscience qu'elles permettaient à la jeune maman de vider son trop-plein d'émotions.

Lorsque le repas fut servi, agapes légèrement améliorées pour le réveillon, elles décidèrent qu'elles avaient assez geint pour la soirée et qu'elles allaient à présent se raconter leurs plus beaux souvenirs.

Véra raconta son métier d'enseignante. Certaines anecdotes les firent rire aux éclats. Elle expliqua qu'elle travaillait dans un lycée à l'extérieur de Brest et qu'elle était restée en ville en espérant voir sa fille le plus souvent possible.

— Après tout, maintenant, je pourrais me rapprocher du lycée. Ou aller sur la côte. Oui, ça pourrait être un but intéressant pour l'année à venir.

— Mais oui ! Voilà une excellente idée ! déclara Olympe. Je vous propose que chacune d'entre nous réfléchisse à un projet un peu fou ou non, à réaliser dans les mois suivants.

Lili et Véra acquiescèrent.

— Retrouvons-nous demain pour raconter les idées merveilleuses que nous ne manquerons pas d'avoir eues cette nuit ! poursuivit la vieille femme.

Elles quittèrent la chambre d'Olympe de bonne humeur. Presque ivres. Non pas d'alcool, mais de joie et d'envie de trouver le plus joli projet.

Véra accompagna Lili jusqu'au couloir de la maternité et partit se recoucher le cœur léger.

Il était encore tôt dans la matinée lorsque trois petits coups résonnèrent sur la porte de la chambre de Véra.

— Entrez, fit la femme qui venait tout juste de sortir de la douche.

— Je viens vous chercher pour aller faire une surprise

à Lili et Léo dans leur chambre.

— Olympe ! Vous êtes... juste géniale !

La vieille femme s'était habillée en rouge. Elle avait coiffé ses cheveux blancs de façon à ce qu'ils forment une auréole mousseuse autour de sa tête. Elle irradiait. Sans doute encore plus que d'habitude.

— Allez, en route ! Prenez-moi le bras ! Et mettez ça autour de votre cou !

La vieille dame tendit une guirlande dorée à Véra.

— Imelda me l'a dénichée. Je crois bien qu'elle l'a

piquée sur le sapin du hall d'entrée de l'hôpital. C'est parfait, elle vous va à ravir !

Quelques minutes plus tard, elles firent sensation en pénétrant dans la chambre de Lili et de son fils.

Bien entendu, Olympe n'avait pas oublié sa boîte de chocolat. Noël restait toujours Noël. Et sans chocolat, le cœur n'y serait pas.

Une fois installées confortablement dans les fauteuils et sur le lit, Véra regardait ses nouvelles amies et leur fit part de son bonheur de les avoir trouvées sur son chemin.

— Surtout un jour de fête comme celui-là. Je croyais véritablement que j'allais passer le pire Noël de ma vie et vous êtes là. Je ne trouve pas les mots pour vous dire ce que je ressens. Bon sang, je vous remercie sincèrement.

— Wow ! J'éprouve la même chose, affirma Lili.

— Alors, vous avez réfléchi à votre projet à mettre en place ? questionna Olympe.

Véra annonça qu'elle avait décidé de déménager. Elle allait mettre son appartement brestois en location et se trouverait une petite maison sur la côte.

— Si je m'y sens bien, je vendrai mon appartement et je m'installerai définitivement face à la mer. Je pourrai venir vous voir, Olympe, si vous le voulez, bien sûr.

Le sourire que lui rendit son amie ne laissa aucun doute.

— J'crois bien que j'vais aussi quitter Brest pour la campagne ; la côte me tenterait bien aussi, si j'trouve à me loger. Et puis, il va falloir que je m'trouve un travail dans quelques mois. Mais j'y crois, vous m'avez r'donné espoir ! Merci à toutes les deux. J'espère aussi pouvoir garder contact avec vous et j'vous inviterai à déjeuner dès que j'aurai mon nouveau logement, parole de Lili !

Le silence s'installa. Les trois femmes se regardaient avec amitié. On aurait pu croire qu'elles se connaissaient depuis de longues années.

Quelqu'un frappa à la porte. Imelda passa le bout de son nez.

— Je peux entrer ?

— Oui, bien sûr, invita Lili.

Elle poursuivit en se donnant des airs de femme précieuse pour faire rire les autres.

— Nous avons convenu de formuler des objectifs à réaliser et c'est au tour d'Olympe de raconter le sien.

La vieille femme sourit. Elle rayonnait de malice et visiblement de bonheur.

— Alors, moi, je ne peux pas à proprement parler de projet. C'est plutôt un cadeau, une faveur que je demande.

Les trois autres femmes étaient suspendues aux lèvres d'Olympe.

— Voilà. Je suis une vieille femme de quatre-vingt-trois ans. Je pense avoir toute ma tête et j'espère la garder encore un moment. Mon corps fatigue, c'est indéniable. J'arrive tout de même à m'arranger toute seule. Ce n'est pas entièrement l'avis de mon fils. Je ne lui en veux pas, c'est ainsi. Si je le laisse faire, je fêterai le prochain Noël dans une maison de vieux. Je n'en ai pas très envie. Je vous l'avoue.

— Vous voulez qu'on appelle votre fils pour lui...

— Taratata, laissez-moi finir, vous parlerez après, coupa-t-elle Imelda. Je confesse aussi que je ne suis pas toujours si facile à vivre. Tout de même, j'arrive bien à m'entendre avec mes deux gros matous. Ça fait maintenant quelques années que je vis seule et j'ai pris des habitudes. Et j'entends qu'on les respecte. Voilà, ma maison est grande, suffisamment grande pour vous recevoir toutes les deux, Véra et Lili. Il y aura aussi assez de chambres pour que Léo soit confortablement installé. C'est vrai que l'on ne se connaît que depuis peu mais je sens que ça pourrait marcher. Nous pourrions faire un test. Disons six mois dans un premier temps. On va fixer un petit loyer, histoire que mon fils ne trouve rien à redire et chacune paiera ses charges. Je vous demande en échange de me tenir compagnie, de m'amener faire mes courses ou en balade de temps à autre. Voilà, mon projet, mon envie, ma proposition. Et ne me regardez pas comme ça, on dirait que je suis monstrueuse. Fermez vos bouches, les mouches vont s'y engouffrer !

La suite fut une série de rire, de larmes, d'embrassades.

Leurs serments furent intenses et spontanés. Elles se promirent d'être là les unes pour les autres, de ne laisser aucun membre de leur famille, aucun petit ami, personne entraver cette amitié naissante.

Imelda sentait sa gorge se nouer et ses yeux s'embuer bien plus qu'elle ne le souhaitait. Elle était heureuse, son plan avait fonctionné bien au-delà de ses espérances. Elle avait été une petite fée pour ces trois-là. Leur destin venait de basculer. Singulièrement.

**Cette nouvelle vous a plu ?
Vous aimez
les histoires de femmes ?**

Découvrez « **Octobre en juin** »,
le roman tendresse
de Céline Poullain.
(bientôt en édition
grands caractères)

Certaines rencontres sont des clés dans notre cheminement. Des évidences. Des absolus.

Mais lorsque ces personnes détiennent un secret familial qui ne demande qu'à être révélé, c'est parfois explosif !

Au moment où Marc entre dans la maison dont Eva a hérité, elle ne s'attend pas à ce qu'il va lui apprendre !

༄ Extrait ༄

— Qui êtes-vous et que faites-vous là ?

— Je suis Marc Laffarque. J'habite un peu plus haut. Je pense que vous êtes Eva. Sans doute que votre grand-mère vous a parlé un peu de moi. Elle m'a chargé de vous parler de son passé.

Eva dévisagea Marc. C'était donc lui le messager !

— Ah ! Vous voilà ! s'exclama Eva en s'asseyant sur l'une des petites chaises de la cuisine.

Marc était un homme de grande taille et il était relativement mince. Son allure donnait une impression de force physique. Il devait approcher de la cinquantaine. Ses cheveux légèrement bouclés étaient encore très bruns même s'ils laissaient apparaître quelques mèches blanches. Ses yeux noisette étaient valorisés par le hâle de sa peau. Les rides d'expression qui les entouraient lui donnaient un aspect rieur et bon vivant. Eva le trouva séduisant.

C'est alors qu'elle prit conscience de sa propre allure.

— Installez-vous dans le salon, j'arrive.

ღ Avis de lectrices ღ

"Plongez-vous dans cette aventure passionnante et vous ne serez pas déçus"

Catherine

"un livre écrit avec beaucoup d'émotion, on ne peut pas rester insensible"

Morgane

Et si vous accompagniez Eva dans la découverte du secret familial ?

Roman disponible
en Broché et en ebook
sur toutes les
plateformes en ligne

et sur commande chez
votre libraire préféré.

Amazon ⇒
https://amzn.to/3spQWpd

Cultura ⇒
https://bit.ly/3ahIa6y

Fnac ⇒
https://bit.ly/32pTglQ

Kindle ⇒
https://amzn.to/3dsycS4

Kobo ⇒
https://bit.ly/3tKDez3

Remerciements à :

❧ Flore pour le défi d'écrire cette nouvelle de Noël,

❧ Mes lectrices chouchoutes pour le prénom Lili (et toutes leurs propositions),

❧ Dorota, Patrice, Marine, Véronique et Sacha pour le premier regard, le premier retour,

❧ Françoise, dite « œil-de-lynx », pour son inépuisable faculté à dénicher mes errances linguistiques,

☙ Mes enfants, encore et toujours, pour tout ce qu'ils sont,

☙ Vincent pour le soutien et l'amour,

☙ Le Père Noël qui chante dans mon âme tous les ans,

☙ Denise Grey pour ses yeux pétillants de malice,

☙ La vie, tout simplement.

Retrouvez Céline Poullain sur :

 https://www.facebook.com/celine.poullain.autrice

 https://www.instagram.com/celine.poullain.autrice

 https://celinepoullain.fr/

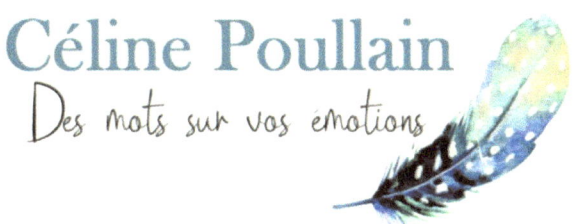